위그노 동시집 1

2020년~2021년

글: 땡블러 외 42명

목차

프롤로그

위그노학교 아이들은
책을 사랑합니다.
따스한 마음을 지녔습니다.
배움을 즐거워합니다.
자기 의견이 분명합니다.
글을 논리적으로 씁니다.

위그노학교는
아이들의 잠재력을 믿고
무한한 지지와 긍정으로
탁월한 학생으로 자라나도록
적극 지원하고 있습니다.

『위그노 동시집 1』은
2020년부터 2021년까지
위그노학교 수업 중에 아이들이 쓴

예쁜 동시들을 모은 책입니다.

순수한 동심으로
상상력을 자극하는 언어 고르기와
재치 있는 글 표현 기법을 구사하여
작품 속에서 이미지를 끌어내고
정서를 자극하는 뚜렷한
좋은 작품들이 수록되어 있습니다.

저자 소개

글 : 땡블러 신민준 이예원 김유나 함창욱 조유나 허 원
채 윤 유선후 정아린 이성주 장재훈 정재유 김신율 김유
민 정지원 김지완 김희찬 이한준 신민규 김서윤 김수민
박다솜 김제영 봉은찬 이한결 김단유 홍주희 김지유 김강
민 김나윤 강다율 이가빈 김다니엘 안강민 이용우 김시환
유정해 유정주 우현서 이예준 차혜린 이재인

그림: 표지 - 김지완 삽화 - 정하진 임서연 김라하

2021년

꽃봉오리 - 땡블러

햇살 밝은 아래
수줍은 미소로
얼굴을 내밀어

언제부터인가
내 마음에 앉아
조용히 움을 틔우네

따뜻한 봄기운에
시원한 물 맞으며
꽃봉오리 벌어져

모든 순간이
꿈결처럼 아름다워
사랑할 수밖에 없네

지구가 웃어요. - 채윤

지구가 왜 웃고 있는지
알고 있나요?

가까운 데는 걸어가니까
지구가 히히히 웃어요.

지구야 이제부터는
함부로 매연을 안 쓸게.

지구야 사랑해 -정재유

지구에 쓰레기
푸두덕푸두덕 버리지 말아요.

그러면 지구가
아야아야 아파요.

사람들이 쓰레기를 버리니까
지구가 으앙 하고 울어요.

지구야 아프면 안 돼
지구야 사랑해

쓱싹쓱싹 편지를 써요. -이예원

쓰레기가 연못 위에 둥둥
쓰레기가 연못 따라 동동

오리 대신 쓰레기가
냄새 풍기며 둥둥

엄마오리는
죽은 아기오리 안고 꿱꿱

더러워진 연못에
사람들은 으으

이제는 아무도 안 찾는
오리 연못은 앵앵

아야어여오요우유으이- 유선후

지구에 쓰레기를 함부로
버리지 않아요.

아야아야 지구가 아파요.
어여어여 환경을 사랑해요.

오요오요
자동차 매연을 뿌리지 않아요.

우유우유 맛있게 먹고
지구야 무럭무럭 자라라.

으이으이
지구야 힘내!

당연하지 않아요. - 이한결

저기 나뭇잎을 보세요.

아주 푸르고 싱싱해보여요.

마치 갓난 아기 같이

저기 떨어질 것 같은 나뭇잎을 보세요.

정말 힘이 없어 보여요.

마치 우리 할머니같이

하지만 저기를 보세요.

바람이 불어도

강한 빗물이 쏟아져도

햇빛이 강하게 내리꽂아도

저기 떨어질 것 같은 나뭇잎은

꿋꿋이 견뎌요.

생김새가 달라서,

말투가 이상해서,

행동이 이상해서,

이상한 냄새가 난다고 해서

우리는 모두 다르지 않아요.

우리는 똑같아요.

우리는 모두 소중한 존재예요.

푸르고 싱싱한 나뭇잎도,

어디로 떨어질지 모르는

나뭇잎도 말이에요.

똑같은 사람입니다. - 홍주희

몸과 약간 불편할 뿐

마음이 조금 불편할 뿐

우리와 모습과 별 차이가 없습니다.

먼저 다가가 보세요.

주변에 말 걸어주는 친구가 없다면

말동무가 되어주세요.

우리가 만드는 세상

우리 모두 함께 더불어 살아갑시다.

별로 다르지 않은 우리 - 김단유

그들은 말 그대로

몸이 불편한 사람

그것 빼고는

우리와 별로 다르지 않은 사람

그들을

차별하지 말자

그들을

비하하지 말자

사람을 가리는

나쁜 사람 되지 말자

젓가락 - 신민규

젓가락은 고슴도치

뾰족하니까

젓가락은 바늘

길쭉하니까

젓가락은 쌍쌍바

두 개니까

젓가락은 11.

두 개가 같으니까

마스크 - 강다율

마스크야 마스크야

코로나는 왜 생겼니

마스크야 마스크야

바이러스는 왜 생겼니

마스크야 마스크야

전염병은 왜 생겼니

마스크야 마스크야

왜 아기는 주사를 못 맞니

마스크야 마스크야

우리는 왜 널 못벗니

미안해, 고마워- 이한준

마스크야 미안해

하루 만에 널 버려서

마스크야 고마워

코로나를 막아줘서

마스크야 미안해

침을 자꾸 튀겨서

마스크야 고마워

내 입 냄새를 막아줘서

시각장애인의 꿈 - 김강민

나는 앞을 못 본다.

소리는 들리지만 앞이 보이지 않는다.

내 꿈속에는

뛰어노는 아이들이 보인다.

색깔은 무엇일까?

하늘은 무슨 색일까?

세상은 어떤 색일까?

나는 너희들과

즐겁게 노는 게 꿈이야.

너희들이 놀릴 때면

난 왜 이렇게 태어났을까?

생각하곤 해,

언제쯤이면 너희랑 같이

뛰어놀 수 있을까?

나는, 나도 - 김나윤

세상은 밝은데

나는 어둡다.

밝은 시끄러운데

나는 고요하다.

하고 싶은 게 많은데

내 몸이 안 따라준다.

나도 빛을 보고 싶다.

나도 하늘을 보고 싶다.

우리는 다 같은 사람 - 허원

너는 장애인을

어떻게 생각하니?

이상하다고 생각하니?

만약 그렇다면

같은 사람이라고 생각해.

우리는 다 같은 사람이야.

그러니 똑같이 생각해.

네가 다니는 학교에

장애인 친구가 있니?

그럼 더 도와줘.

몸이 불편하면 조금 느리거든.

우리가 도와줘야만 해.

장애인 친구를 만나면

꼭 도와줘.

차별 - 박다솜

사람들은 왜

차별하는가

똑같은 사람인데

똑같은 인물인데

차별을 받는 그들은

얼마나 속상하고

상처를 입겠나

입장을 바꿔

생각해보아라

차별,

그 단어를 말하면

누가 떠오르는가

생각만으로도

차별이 될 수 있음을

기억하자

엄마가 아기에게 - 이한준

엄마가 미안해

널 아프게 해서 미안해

행복하자

내가 너의 몸이 되어줄게

고칠 수 없어도

희망을 잃지 마

희망의 날개로

하늘을 날 수 있는 연습을 하자

다음 생엔 꼭 멋지게 태어나

우리 애기

가나다 - 강다율

글씨는 삐뚤빼뚤
손은 덜덜덜

원래대로 돌아갈 수 있는
큰 기적은 없지만

여전히 살아있다는
작은 기적이 일어났어요

글씨는 삐뚤빼뚤
손은 덜덜덜

희망을 잃지 말아요
우리는 살아있어요

코로나가 있는 세상 - 이예원

"도망가자!"

코로나가 사람들을 괴롭혀요.

"후다닥"

사람들은 코로나를 피해 다녀요.

고양이는 "아옹"

강아지는 "그르르"

동물 떼가 "우르르"

자꾸만 코로나가 있는 곳으로 가요.

"코로나가 너무 커!"

꼭 코로나가 있는 건 아는데

코로나가 어디 있는지 모르는 것 같아요.

"쿵쿵"

하지만 코로나는 동물들과 사람들이

그러는 줄 모르고 계속 돌아다녀요.

걸음 - 신민준

땀이 뻘뻘
걸으면 운동이 돼요.

키가 쑥쑥
걸으면 키도 커요.

바람이 휭휭
그냥 누워있는 것 보다
걸으면 더 시원하니까요.

웃음이 히히히
더 재미있으니까요.

나는 걷는 게

제일 재미있어요.

시원하고, 키도 크고,

운동도 되니까요.

누워있는 것보다

백배는 더 재미있어요.

하하하 탁탁탁 - 안강민

코로나는 중국 우한에서

시작되었어요.

전 세계에 위협을 주는

무서운 전염병이죠.

하하하 얘기하다

걸릴 수도 있고

코로나 감염자랑 얘기하거나

함께 다니다가 걸릴 수 있어요.

마스크를 벗고

탁탁탁 걷다가

걸릴 수도 있어요.

그러니 모두 조심해요.
하하하 탁탁탁 조심해요.

가을 아침 산 - 신민규

가을 아침 산 낙엽이

나무에서 훌훌

내 앞에 떨어져.

위를 바라보니

구름 한 점 없이

파란 하늘.

앞으로

한 발, 두 발 걸으니

바스삭 바스삭

낙엽을 밟으며

가는 소리 통쾌해.

울긋불긋 - 이한준

가을은 울긋불긋

가을 소풍 가네

사람들 표정도 울긋불긋

소풍 가니 신나네

과일도 울긋불긋

사과는 알레르기가 있네

산에 있는 낙엽도 울긋불긋

바닥에 떨어져도 예쁘네

자동차 색깔도 울긋불긋

소풍 가는 자동차도 많네

가을의 어느 날 - 김희찬

툭 바스락

도토리가 떨어졌다.

데굴데굴 굴러

다람쥐에게 갔다.

냠냠

맛있게 먹은 다람쥐는

바스락 부스락

낙엽을 밟으며 간다.

짹짹

툭 바스락

열매가 떨어졌다.

데굴데굴 굴러

아기 새에게로 갔다.

냠냠

맛있게 먹는 새는

훨훨

힘차게 날아간다.

가을이 오면 - 정지원

더운 여름이 눈 깜짝할 사이에 지나가고,
시원한 가을이 눈 깜짝할 사이에 온다.

가을이 오면 숲이 붉게 물들고,
색칠 공부처럼 숲이 알록달록해진다.

가을이 오면 나뭇잎이 붉게 물들며 땅을 덮는다.
마치 알록달록한 이불을 땅이 덮는 것처럼 말이다.
가을이 오면 온 세상이 알록달록해진다.

가을 풍경 - 유정해

휘이잉 휘이잉, 부스럭 부스럭
주황색과 노란색이 예쁘게 피네
단풍잎 은행이 예쁘게 피네

모든 사람이 긴 팔, 긴바지를 입고
학교 끝나 친구들과 같이 놀고

떡볶이, 오뎅 먹으며 후후 냠!
손잡으며 같이 가네

랄랄라 랄랄라
모두 모두 모여서 즐겁게 노네

랄랄라 랄랄라 동네 한 바퀴
어느새 겨울 냄새가 나네

걷는 길 - 허원

길을 걷는다.

걸을 때 바스락 소리가 난다.
낙엽들이 떨어진다.

뿌득 소리가 난다.
나뭇가지가 으스러진다.

바스락, 뿌득
길을 걸을 때 여러 소리가 들린다.
자연의 소리가 많이 들린다.

코로나19 없애기 - 김지완

사람을 아프게 하는 코로나19를
없애는 방법은 없을까?

권투선수 타이슨을 불러서
코로나를 때리게 할까?

아니면 한국의 검투팀을 불러서
코로나를 찔러서 이길까?

마술사를 불러서
코로나 없애는 주문을 외워볼까?

코로나에게 철인 3종을 시켜서
힘이 다 빠지게 해볼까?

가을의 코로나 - 김시환

가을이에요.

가을이 코로나에 걸렸어요.

사람들이 도망가요.

"기차에 빨리 타요!"

소리 질러요.

어떤 사람은

코로나가 없는 줄 알고

"와 좋다!"고 말해요.

코로나에 걸렸어요. - 김제영

백두산이

코로나에 걸렸어요.

해님도

코로나에 걸렸어요.

코로나가

념념이한테 가요.

념념이는

멋진 자동차를 가졌어요.

누가 념념이에게

도망가라고 소리쳐요.

코로나 말놀이 - 장재훈

코로나야 코로나야

콧속으로 들어가 봐

콧물 범벅이 되어

사라져버려!

코로나야 코로나야

코브라가 되어라

코브라가 되어서

자기 꼬리를 물어라!

코로나야 코로나야

코끼리로 변해라

코끼리처럼 살이 쪄서

사람들을 괴롭히지마!

가을 - 정아린

가을아, 가을아
너는 어디서 왔니?

남극이 추워서 왔니?
북극이 추워서 왔니?

가을아, 가을아
너는 무엇을 좋아하니?

가을에 열리는 열매를 좋아하니?
추수한 벼로 만든 밥을 더 좋아하니?

가을아, 네가 부러워.
날씨를 마음대로 바꿀 수 있잖아.

가을아, 네가 부러워.

울긋불긋 단풍 든 나무가 예뻐!

나뭇잎 색을 바꾸는 마술사, 가을

가을아, 내년에 또 보자! 안녕~!

코로나 - 이성주

코로나야, 코로나야

너는 왜 우리나라에 있니?

넌 언제 없어질 거야?

우리나라 사람들이 괴로워하고 있어.

그러니까 빨리 가!

너 때문에 숨을 못 쉬겠어!

네가 없어지면

다른 사람도 행복할 수 있어.

너 때문에 마스크를 써야 해.

마스크를 안 쓰면 친구 얼굴도 볼 수 있는데

그러니까 빨리 사라져!

우리를 행복하게 해줘!

엄마의 청춘 - 이한결

"내 청춘은 산"
이라고 말하는 울엄마

나는 도저히 이해할 수 없는
청춘의 세계였다.

엄마는 그런 날 두고
커봐야 안다는 말만 남겨놓고
나의 청춘은 어느덧 14살에 머물렀다.

내 청춘은 코로나라는 감옥 안에서
스마트폰이라는 죄수생과
구차한 교감을 이어 나갔다.

어느 날 엄마와 알록달록한 여름 산을 올랐을 때
우리는 약속이라도 한 듯 아무 말 없이
터벅터벅 매끄러운 땅만 보며 걸었다.

우리는 또각또각 걸어보기도 하고,
스르륵스르륵 걸어 보기도 하였다.

산은 걸어야만 알 수 있는 존재이다.
알록달록 빛을 내는 산도
그런 산을 아기의 웃음처럼
소리를 내게 해주는 바람도,
우리 엄마의 청춘도 말이다.

산처럼 늘 그 자리에 머물러 있는 나의 청춘도
어쩌면 엄마의 청춘처럼 더 커질지도
또는 커져 보일지도 모른다.

가을바람 - 김다니엘

가을바람 솔솔솔 불어온다.

사람들이 단풍잎을 밟으면
바스락 바스락 소리가 들려오고,

겨울이 되면
바스락 바스락 소리가 안 들린다.

왜 안 들릴까?

겨울에 단풍잎이 빠지고
단풍잎 없는 나무가 되어서

세찬 겨울바람이 불어도
떨어질 잎이 없다.

가을 나무 - 김수민

살랑살랑
낙엽이 떨어지는 가을

휘리릭 휘리릭
나뭇잎 없는 겨울이 되려나 보다.

바람이 불어온다.
춥다.

나무는 뿌드득 뿌드득
다리가 아픈가 보다.

춥고 아픈 나무 마음
아는지 모르는지
지나가는 행인들은
찰칵찰칵 사진만 찍는다.

가을 낙엽 - 조유나

또박또박 걷다가
붉은색, 노란색으로
낙엽을 물들이는
가을을 봐요.

또박또박 걷다가
가을바람이 지나가면
낙엽들이 멋진 옷으로
갈아입어요.

가을날의 재회 - 박다솜

살랑살랑 나비들이 춤추는 봄날,

그는 나에게 따스한 웃음을 주고 떠나버렸다.

마음속엔 시커먼 먼지가 쌓였고 눈앞은 침침했다.

쌀쌀한 가을날, 난 다시 그와 있던 장소로 갔다.

정원이었던 나무 아래는 아파트로 변하고,

아이들의 놀이터였던 다리는 어느새 폐허가 되었다.

다시 마음이 닫히려던 참,

난 눈앞에 있는 그를 다시 만났다.

마음속의 벽이 깨지는 것 같다.

마치 그와 헤어졌던

벚꽃나무 아래에서의 웃음처럼.

가을, 벌써 - 정예진

살랑살랑
낙엽이 떨어지는 가을,

벌써 겨울이
시작된 것만 같아.

너무 추워서
벌써 가을이 지나간 것 같아.

아침에 일어나면
이불 속으로 파고들곤 해.

벌써 추워서
패딩을 꺼내입은 친구들이 많아.

가을은 벌써

쌩-쌩, 슈우웅

겨울이 될 준비를 하네.

가을 - 정재유

낙엽을 밟으며
노는 친구들

단풍잎이 울긋불긋
물든 것처럼
친구들의 볼이 빨갛다

밤이 되면
시원한 바람 불어
친구 대신 단풍잎이 논다

안 익은 사과처럼 초록인
소나무는 친구가 없다

가을 - 채윤

단풍잎이
사과처럼 빨갛다

은행잎이
바나나처럼 노랗다

낙엽은 민들레홀씨처럼
살랑살랑 내려왔다

가을은 따뜻한 연기처럼
내 마음에 하트를 보낸다

가을이 좋아요 - 김유나

낙엽이 발 밑에 아주 많이 있어요
밟으면 바스락 바스락 소리가 나요
노랑, 빨강, 초록 예쁜 색이 있네요

바람이 휭 휘잉 불어요
시원하고 따뜻해요

가을은 날씨가 아주 좋아요
감도 익고 밤도 익어요

새도 퍼덕퍼덕 하늘을 날고
잠자리, 나비도 살랑살랑 꽃을 찾아가요

다람쥐도 겨울이 오기 전에
열심히 도토리를 모아요

가을 느낌말 - 유선후

가을은 나뭇잎이
울긋불긋

가을 소리는 휘잉
바람소리 휘잉~

가을 냄새는 펑펑
눈 냄새가 날 준비

가을의 나뭇잎 소리는
바스락바스락

가을이 되면
교실에서 와글와글

친구들의 목소리가 들리고

하늘의 구름은
귀여운 친구들을 보며
둥실둥실 미소를 짓는다

가을을 걷다 - 김서윤

호숫가 공원에서
낙엽을 밟으며 걷는다.
바스락

꺄르륵
강아지와 놀고 있는 친구들

붉은 나무와 푸른 하늘
머리 위에 낙엽이 툭

가을이었다.

안녕, 가을아 - 김유민

울긋불긋
가을이 왔네요.

바스락 바스락
나뭇잎이 바스라져요.

"안녕, 가을아?"

인사를 하자마자
가을이 휙 가버렸어요

"가을아,
너무 일찍 가버렸잖니!"

가을이 픽 쓰러졌어요.
그리고 겨울이 와버렸어요.

가을의 변화 - 김지유

항상 걷던 학교 옆길

초록빛이었던 세상

이젠 울긋불긋 붉은색,

붉은빛으로 변한 세상

내 눈앞에 지나가는 아이들,

이젠 낙엽과 새들이 내 눈앞에

푸른빛 하늘이 주황빛 하늘로

내 눈앞에 지나가는 가을의 변화

좋은 말, 안 좋은 말 - 조유나

말 중에 안 좋은 말이 있다.
그것은 욕과 귓속말

욕은
상대방의 기분을 상하게 하고

귓속말은
친구를 나쁘게 이야기한다고
오해할 수 있으니까.

반대로 좋은 말도 있다.
그것은 칭찬과 위로

칭찬은

상대방을 기분 좋게 하고

위로는

슬픈 마음을 알아주니까.

나무 - 정예진

나무는 기다랗다.

나무는 갈색이다.

나무는 단단하다.

나무는

공기를 맑게 해준다.

나무가 없다면

사람은 숨을 쉴 수 없다.

나무가 있어서

과일도 먹을 수 있다.

나무는 우리에게

꼭 필요한 존재다.

나무를 지키자! - 김희찬

나무를 지키자!

나무는

이산화탄소를 흡수하고

우리에게 꼭 필요한

산소를 주니까.

나무를 지키자!

나무는

동물의 집이 되어주고

동물과 사람들의 먹거리가 되니까.

나무를 지키자!

나무가 모여 숲이 되고
우리에게 쉼터가 되니까.

마지막 잎 - 강다율

부스럭 부스럭
나뭇잎이 떨어진다.

으악
쿵쿵
우다닥
뿌직

살랑 살랑
이제 한 장이 남았다.

이 잎의 이름은
"마지막 잎"

잎의 떨리는 마음이 전해진다.
'나도 떨어지면 어떡하지?'

나무 - 허원

나무는 필요하다.

후하-후하- 숨을 쉬게 해주니

나무는 많아야 한다.

솔-솔- 숲이 되니

나무는 곁에 있어야 한다.

우와- 우와- 아름다우니

나무는 살려야 한다.

쑥-쑥- 모두를 자라게 하니

마찬가지야. - 박다솜

나무가 없다면

산소가 없는 거나

마찬가지야.

나무가 없다면

사람들 죽는 거나

마찬가지야.

나무가 없다면

지구가 없어지는 거나

마찬가지야.

나무를 소중히 대한다면

산소가 많아지고

사람들이 살고

지구가 사는 것과

마찬가지야.

무궁화 편지 - 이한결

얼씨구 장단에 맞춰 휘날리자
그때 그 기억 살리며 휘날리자
강강술래

우리나라 꽃 지켜주신 이순신 장군께
붉게 물든 무궁화를 담아 편지하자
마치 그때 그 장면처럼
강강술래

벚꽃은 눈으로 즐겨라
무궁화는 마음으로 즐기고
외로운 무궁화
무궁화 편지를 쓰자
강강술래

무궁화처럼

고운 우리 아씨

벚꽃처럼 날카로운 우리 아씨

그래서인 걸까?

마을 사람이 아씨를 싫어하네

아씨 마음도 고이 담아

강강술래

다시 한번 놀음에 취해서

곤히 잠드네

우리 장군님

이순신 장군님께

영원히 지지 않는 무궁화 편지하자

강강술래

편지는 - 김시환

편지는

누군가를 기쁘게 해주는 것

편지는

누군가를 설레게 해주는 것

무엇보다 편지는

진심을 전할 수 있는 것

천사에게 - 김신율

천사에게 편지 써요.

볼 꼬집지 말아요.

천사에게 편지 써요.

헐크로 변하지 말아요.

천사에게 편지 써요.

어제 만들어준

양배추 빵은 좋았어요.

천사에게 편지 써요.

나를 꼬옥 안아주세요.

편지를 봉투에 넣고

쪼옥 하고 뽀뽀했어요.

사실 천사는

우리 엄마예요.

쓱쓱 싹싹 - 박다솜

쓱쓱 싹싹

틀려도 걱정 마.

지우개가 있잖아.

미안하다는 말,

사랑한다는 말,

고마웠다는 말

부끄러워 못하겠다면

편지를 써봐.

너에게 도움을 주는

편지를 말이야.

틀리면 지워도 돼.

생각이 안 난다면

잠시 머리를 식히면 돼.

쓱쓱 싹싹

편지를 써봐.

용기를 내봐.

마음이 보이는 마법책 - 이예원

어머? 마음의 소리가 들려요.

친구의 편지가 말을 해요.
"넌 나의 비타민."

엄마의 편지가 말을 해요.
"넌 나의 보물."

할머니의 편지가 말을 해요.
"아이고, 우리 똥강아지."

산타할아버지의 편지가 말을 해요.
"메리 크리스마스! 내년에 또 보자."

편지는 마치 마음이 보이는
마법책 같아요.

바스락, 탁탁탁, 찌지직 - 신민준

바스락
쿠키 한 개를
반으로 쪼개면
두 개가 된다.

탁탁탁
떡 한 개를
칼로 자르면
네 개가 된다.

찌지직
공책 한 장을
손으로 찢으면
여러장이 된다.

나도 나눌까? - 이예원

동생이 편지 주면
꺄르르 꺄르르
웃음이 나.

나도 동생에게
"고마워" 라고
편지를 쓸까?

지현이가 초콜릿 주면
호호호 히히히
기분이 좋아.

나도 지현이에게
달콤하고 말캉한
곰돌이 젤리를 줄까?

외할머니가 절편 주면
쫄깃 쫄깃

내 마음도 쫄깃.

나도 외할머니께
"사랑해요" 하며
  안아드릴까?

나누기 (÷) - 김희찬

÷는 무엇을 나누는 것이다.

그 무엇은 사람에 따라 바뀐다.

돈이 될 수도,

음식이 될 수도,

물건이 될 수도 있다.

그런데 이 ÷를

나쁜 데에 쓰이면 안 된다.

÷를 해준 사람은

좋은 마음으로 나눠준 건데

그걸 또 나쁜 데에 쓴다면

나눠준 보람이 없으니까.

÷는 무엇을 나누는 것이다.

그리고 ÷는

좋은 데에만 쓰여야 한다.

나눔 - 조유나

학교에서 선생님이
나눔 저금통을 나눠주시며
따뜻하게 말씀하셨다.

"아프리카에 사는
어려운 친구들을 도울 사람은
저금통에 마음을 모아 오세요."

나는 저금통에
천원만 넣으려고 하다,
오천원만 넣으려고 하다,
만원을 넣었다.

또 저금통을 털털 털어

나눔 저금통에 모두 넣었다.

동전이 들어갈 때마다

"땡그랑 땡그랑"

노래를 부르며 넣었다.

한국에 사는 우리도,

아프리카에 사는 친구들도

모두 행복하게 살았으면 좋겠다.

8천원의 기쁨 - 박다솜

시장 입구 모퉁이에
70세쯤 되 보이는 할머니께서
작은 목소리로 말씀하신다.
"이거 사 보세유.."

모든 사람들이 왜 거부하는 걸까?
차마 지나칠 수 없었다.
"약속 시간은 3시인데.. 늦었는데!"

나는 얼른 집에 달려가
11년 동안 모은 용돈을 모두 꺼내
한 움큼 집어 주머니에 쏘옥 넣고
다시 시장으로 달려간다.

주머니에 넣은 동전들이
서로 연신 부딪치며 소리를 낸다.
"쨍그랑쨍그랑"

땀을 흘리며 시장에 도착해
할머니를 찾는데 늦은 것 같다.
할머니가 집에 가셨나 보다.
아쉬운 마음에
옆에 있는 돌을 차버렸다.
"탁!"
"어?"
뒤를 돌아보니
그 할머니가 계셨다.

반가운 마음에 할머니에게 물었다.
"이거 얼마예요?"

"8천 원..."

내가 가진 돈은 9천 원뿐이었지만,

할머니께 8천 원을 드렸다.

할머니는 흐뭇하게 웃으시며

말씀하신다.

"흐흐.. 고맙구려.."

약속 시간은 늦었지만

할머니의 환한 미소를 보니

마음이 따뜻해졌다.

나눔의 가치 - 이한준

친구랑 나누는 건 1억의 가치다.
친구들과 친해질 수 있다.

가족들이랑 나누는 건 1조의 가치다.
가족들과 함께하는 시간이 많아진다.

가난한 이웃과 나누는 건 6조의 가치다.
누군가에게 기쁨을 줄 수 있다.

가장 소중한 것을 나누는 건
가치를 매길 수 없다.
가장 큰 행복과 기쁨을 준다.

하지만 나눌 사람이 없으면

100원도 없는 것이다.

혼자 있으면

너무 쓸쓸하다.

그래, 그래! - 강다율

부스럭 부스럭

우리 쿠키를 나눠 먹자!

"그래, 그래!"

딸그락 딸그락

우리 펜을 나눠 쓰자!

"그래, 그래!"

시릭 시릭

우리 용돈을 나눠 주자!

"그래, 그래!"

아하하 아하하

우리 기쁨을 나누자!

"그래, 그래!"

나눔의 기쁨 - 정예진

1학년 때,

602호에 사는 할머니는

우리 엄마와 친했다.

나는 엄마와 함께

할머니 집에 가서

초코소라 빵을 먹었다.

함께 먹으니

더욱 맛있는 빵이었다.

동생이랑 내가

집에서 많이 뛰어서

죄송한 마음에

나는 엄마와 함께

아랫집 할머니에게

시원한 수박을 가져다드렸다.

이후 할머니는 우리를 보며

매일 방긋방긋 웃어주신다.

나눔은 행복이다. - 이성주

나눔을 하면
그 행복은 100배가 되고

또다시 나눔을 하면
온 세상 사람들이
행복을 가지게 된다.

온 세상 사람들이
행복을 가지게 되면

그 행복은 다시
아픈 사람들에게로
전해진다.

나는 작년부터

나눔의 행복을 느끼고 싶어

용돈 만 원씩 기부하고 있다.

나의 행복이

아픈 사람들에게

도움이 되었으면 좋겠다.

사과 1조각 - 정아린

사과 1조각이 있는데
나눠줄까?

1조각 밖에 없는데
나눠줄까?

고민하고 고민하다
결국 나눠준다.

막상 나누고 나니
너무 기쁘다.

집에 돌아갈 때도
그 친구 생각이 난다.

나중에는 사과 1개를

나눠줘야지.

어른이 되면 사과 1박스를
나눠줘야지.

형제라면 - 김제영

콩이 1개라면

반쪽으로 나눠 먹고

콩이 10개라면

5개로 나눠 먹는 게 형제다.

욕심쟁이 형,

심술쟁이 동생이라면

혼자만 먹으니

형제가 아니다.

만약 동생이 3살이라면

아직 잘 모르는 나이니까

혼자만 먹어도

좀 봐주는 게 낫다.

나눔은 기쁨이다 - 이예원

나눔은

무엇에 무언가 있는데

친구한테 나누는 것이다.

모두 똑같이 나누면

한 사람이 조금이거나

한 사람이 많지 않다.

모두 똑같이 나눌 수 있고

모두 많이 받는다면

기쁜 것이다.

나눔은 - 허원

나눔은 사랑이다.
나누면 사랑이 커진다.

나눔은 24시간이다.
어느 때나 가능하다.

나눔은 바이러스다.
음식도, 도움도 나눌 수 있다.

나눔은 천하무적이다.
무엇이든 가능하다.

나눔을 많이 하자!

육개장 박스 - 봉은찬

삼년전 가을, 엄마와 교회를 가던 길,
울긋불긋한 나뭇잎들이 살랑살랑 흔들린다.

돌처럼 앉아있는 한 아저씨,
계절에 맞지 않게 검정색 패딩을 입고
얼굴을 숨기고 있다.

우리들에게 얼굴을 보이기
부끄러운 듯 보였다.

'집이 있을텐데 왜 지하철 차가운 바닥에 앉아
고개를 푹 숙이고 있을까?'

대한민국이 완벽한 나라인 줄 알았는데
서늘한 현실에 배신을 당하는 마음까지 들었다.

그 분이 앉아있는 박스 위에
백원짜리 동전과 지폐들이 흐트러져 있다.

나는 엄마를 쳐다보았다.
엄마의 눈동자도 아저씨를 향해 있었다.

저 아저씨에게 도움을 주고 싶다고 말할 때
우울한 마음이 들었다.

밤이 되면 추울텐데
얼음장 같은 육개장 박스 곁에서
주무셔야 한다니 안타까웠다.

우리 집에서 지내라고 하기엔
가족과 엄마의 반대가 있을 것이 뻔했다.

엄마는 내게 만원을 쥐어주며
"네가 직접 가서 전해 드리렴"
하고 말씀하셨다.

나는 뚜벅뚜벅 아저씨에게 다가가
작은 마음을 전해드렸다.

아저씨는 여전히 얼굴을 가린 채
내게 고맙다고 말했다.

착한 나눔, 나쁜 나눔 - 이가빈

착한 나눔은
착한 사람들이 하고,
착한 사람들에게로 간다.

나쁜 나눔은 없다.
나쁜 사람은 나누지 않는다.

착한 나눔, 나쁜 나눔
나는 어떤 나눔을 하고 있을까?

나눔은 좋다.
착한 나눔은 좋다.

쨍그랑 쨍그랑- 유정주

쨍그랑 쨍그랑
동전 떨어지는 소리

빨간 저금통에
동전이 떨어지는 소리

힘들게 모은 동전들이
어마어마한 양이 되었네

쨍그랑 쨍그랑
동전 떨어지는 소리

열심히 모은 동전은
곧 도움이 필요한 누군가에게로
여행을 떠난다.

쨍그랑 쨍그랑
안녕, 잘가! 동전들아!

마음 가득 - 함창욱

학교에서 저금통을 받았다.

이 저금통에 동전을 넣으면
몇 달 후에 아프리카로 보내진다.

저금통을 품에 안고 돌아가며
"꼭 가득 채워야지" 하고 마음 먹었다.

한 달 후, 저금통을 보내는 날이 왔다.
동전이 저금통의 3분의 1 정도 채워졌다.

내 바램대로 가득 채워 보내지 못해 아쉽다.
내가 가득 채우려 했다는 마음이 잘 전해지면 좋겠다.

정류장 앞에서 - 박다솜

'부릉 부릉'

차들이 많이 다니는 차도.

나는 그 차들을 정류장 앞에서

보고 있다.

저기 저 노란 버스가

내가 타야 하는 버스일까?

'부릉 부릉'

차들이 많이 다니는 차도.

난 그 위를

달리고 있다.

나는 그 차들을 창문 밖으로

보고 있다.

여기 있는 초록 버스가

내가 타야 하는 버스일까?

나쁜 미세먼지 - 허원

미세먼지가 하늘에 떠 있다.
노랗게, 뿌옇게

사람들은 마스크를 쓴다.
답답하게, 숨막히게

사람들은 생각한다.
마스크를 벗자.

할수만 있다면
청소기로 빨아들이고 싶다.

노인들도, 우리들도
너무 힘들다.

나쁜 미세먼지.

등대와 사람 - 김강민

나는 등대다.
빛 밖에 못 내는 등대다.

하지만 내가 그렇게 소중한 걸까?
등대 지킴이도 있고,
등대 관리자도 있다.

과연 사람들이 나한테 빛이 없다면
그때도 나를 소중하게 생각해줄까?

그래서 내가 한 번
빛이 안 들어오게 해봤다.

그랬더니 사람들은

나를 욕했고, 쓰레기 취급했다.

과연 난

사람들에게 도움을 주어야 할까?

등대 - 김나윤

언제나 우릴 비춰주는

등대

한결같이 밝게 해주는

등대

어부들의 생명줄

등대

가족과 하고 싶은 것 - 이용우

나는 아빠랑 생일이 비슷하다.
아빠랑 둘이 여행을 가고 싶다.

엄마가 행복했으면 좋겠다.
엄마에게는 시간을 주고 싶다.
엄마가 하고 싶은 걸 했으면 좋겠다.

고모는 우리에게 고구마를 많이 준다.
그래서 고모에게
멋진 선물을 주고 싶다.

할아버지는 용돈을 많이 주신다.
나도 나중에 커서 할아버지에게
용돈을 많이 드리고 싶다.

형아는 나랑 잘 놀아준다.

게임도 같이해준다.

나도 형아에게 맛있는 걸 사주고 싶다.

우리 가족은 잠꾸러기 - 정아린

우리 가족은 잠꾸러기

동생을 깨웠는데
안 일어나서 심심해

동생이 일어나면
같이 블록을 만들어야지
아니야, 같이 책을 읽어야지

엄마에게 "일어나"라고 하는데
안 일어나서 심심해

아빠는 내가 등에 올라왔는데도
안 일어나서 심심해

가족이 다 일어나면

보드게임도 하고

TV도 봐야지

음.. 아니면 과자도 먹어야지

무얼 선물할까? - 이성주

장난꾸러기 내 동생
장난 좀 그만하라고
게임기를 선물할까?

엄마는 잔소리 대장
예쁜 반지를 사라고
용돈을 선물할까?

아빠는 잠꾸러기
잠을 쿨쿨 자라고
안대를 선물할까?

아니다!

다른 선물을 줘야겠다.

기분이 좋아지는

사탕을 줄까?

아!

엄마 아빠가 싫어할 듯.

우리 가족 - 김희찬

나는 가족이 좋다.
이유 없이 그냥 좋다.

가족이 미울 때도 있다.
그럴 때면
엄마 아빠를 사랑한다고
주문을 외운다.

하지만 주문이
안 먹힐 때도 있다.

그땐 내가 단단히
삐쳐있다.

하지만 나는 가족이 좋다.

가족이 없으면

아마도 나는

매일 울 것 같다.

찐득한 사탕 - 이한준

우리 가족은 사탕처럼

찐득찐득하다.

하지만 맞벌이 가족은

서로 떨어져 있으니

외롭고 찐득하지 않다.

엄마가 없거나

아빠가 사라진다면

맛이 없고 찐득하지도 않다.

가족이 사탕처럼

맛있어지는 방법은 하나!

가족의 맛을 기억해.

달콤하고 찐득한 그 느낌을

잊지 말고 기억해.

우리 가족은 원래

찐득한 사탕이었다는 걸.

가족 - 김시환

엄마는

계란말이를 좋아하고

아빠는

치킨을 좋아하고

태환이는

비빔밥을 좋아하고

나는

수박을 좋아하고

리환이는

이빨이 7개라 포도를 줄까?

개미의 하루 - 장재훈

나는 아침에 일어나서
사람들에게 밟혀 죽었습니다.

나는 다른 개미의 먹이가
될지도 모르겠습니다.

내가 좋아하는 음식은
아이들이 먹다 버린 사탕이 아닌,
실수로 떨어뜨린 사탕이었습니다.

내가 하찮은 개미처럼 보여도
누가 먹다 버린 것은 싫습니다.

내가 태어난 이유는
맛있는 걸 먹기 위해서입니다.

아무래도 저기 걸어가는 사람들보다
내가 더 행복하게 산 것 같습니다.

원숭이의 재판 - 박다솜

원숭이야!
혼자 다 먹으면 안되지.
나누면 모두 먹을 수 있어.

개야! 여우에게 양보해야지.
나누면 모두 먹을 수 있어.

여우야! 심술부리지마.
나누면 모두 먹을 수 있어.

고깃덩어리가 하나 있으면
나무에 걸어 무게를 재어
세 덩어리로 나누렴.

고깃덩어리가 하나 있으면
나뭇잎으로 길이를 재어
세 덩어리로 나누렴.

나누면 모두 먹을 수 있어.

나눔의 색깔 - 홍주희

나눔은 초록색

넓은 바다색과
상큼한 노란색이 섞인
사람을 기쁘게 하는 초록색

나눔은 살구색

밝은 빛의 주황색과
순결한 마음의 하얀색이 섞인
손을 따뜻하게 잡아주는 살구색

나눔은 노란색과 하얀색

동그랗고 노란 머리와
길고 가느다란 하얀 몸이 연결된
콩나물의 노란색과 하얀색

고마운 내 얼굴 - 차혜린

눈은 시력을 나눠주고,
코는 호흡을 나눠주고,
입은 소리를 나눠주고,
귀는 청력을 나눠준다.

우리는 눈에게 안경을 나눠주고,
우리는 코에게 산소를 나눠주고,
우리는 입에게 음식을 나눠주고,
우리는 귀에게 음악을 나눠준다.

나의 얼굴에서 가장 고마운 부분은
귀, 눈, 입, 코 이다.

눈은 보게 해주고,
입은 먹게 해주고,
귀는 듣게 해주고,
코는 숨쉬게 해주기 때문이다.

자연의 고마움 - 허 원

해는 빛을,
구름을 비를,
바람은 시원함을 나눠준다.

나무는 산소를,
꽃은 향기를,
흙을 땅을 나눠준다.

해,
구름,
바람에게
고맙다.

나무,
꽃,
흙에게도
고맙다.

슈바이처 - 조유나

슈바이처는
아프리카의 등불

슈바이처는
불쌍하면서도
착한 사람

열악한 아프리카를 보며,
서른 살의 나이에
의사가 되기로 마음 먹었다.

아프리카에 가서
환자를 치료했고
그 곳에 잠들었다.

슈바이처는
불쌍하면서도
착한 사람

슈바이처는
아프리카의 등불

사랑을 먹네 - 신민규

개미는 먹을 것을 나눠주네.
게으름뱅이 베짱이에게

베짱이는 노래를 나눠주네.
일쟁이 개미들에게

먹을 것을 나누고
사랑을 먹네.

나도 치킨을 나눠주네.
장난꾸러기 친구들에게

엄마는 사랑을 나눠주네.
욕심쟁이 동생에게

먹을 것을 나누고
사랑을 먹네.

먹을 것을 나눌 때 - 이한준

게으름뱅이 베짱이에게
양식을 나누는 개미

먹을 것을 나눌 때
사랑이 오간다.

말썽쟁이 한준이에게
간식을 나누는 한결누나

먹을 것을 나눌 때
사랑이 오간다.

우리 반 친구들에게
껌을 나누는 나

먹을 것을 나눌 때
사랑이 오간다.

개미와 베짱이 - 이예준

개미는 먹을 것을 나눈다.
게으름쟁이 베짱이에게

나는 장난감을 나눈다.
떼쟁이 동생에게

엄마는 밥을 나눈다.
말썽쟁이 우리들에게

우리는 나눈다.
모든 쟁이들에게

온도의 나눔 - 우현서

여름은
잠자리가 많다.

겨울은
동굴에서 곰이 잔다.

여름은 겨울에게
곤충을 준다.

겨울은 여름에게
해를 준다.

겨울과 여름은
따뜻하고 춥다.

여름과 겨울을
온도를 나눈다.

여름은 겨울에게 - 이용우

여름엔
곤충도 있고
해가 있다.

겨울엔
눈이 많다.
눈이 쌓인다.

여름은 겨울에게
쉼을 준다.

겨울은 여름에게
힘을 준다.

여름은,
겨울은,
그렇게 서로를 나눈다.

희망의 나눔이 천리간다. - 이한결

돌아갈 곳이 없는 이에게는
광풍제월을,

가족 없는 아이에게는
민귀군경을,

울부짖는 모든 이에게는
강구연월을 적어

희망의 편지를 보낸다.

노숙자에게는
하루하루가 걱정이 없기를,

고아에게는
빛처럼 따뜻한 품을,

울부짖는 모든 이에게는
1시간 1분 1초에도
풍악이 울리고 풍요롭기를

모든 이에게
희망의 편지를 보낸다.

이 편지가
천리까지 닿기를

나눔은 - 이한결

나눔은 빛이다.
빛은 환하기 때문에
빛은 편안하기 때문에

나눔은 안개다.
안개는 바로 사라지기 때문에
안개는 만져지지 않기 때문에

나눔은 공사다.
공사는 새로운 걸 개척하기 때문에
공사는 건물을 완성하기 때문에

나눔은 솜털이다.
솜털은 부드럽기 때문에
솜털은 여러 가지 색이기 때문에

나눔은 웅덩이다.
웅덩이는 물이 모이기 때문에

웅덩이는 크기 때문에

나눔은 보름달이다.
보름달은 어두운 곳에서도 빛을 내기 때문에
보름달은 가까이 있기 때문에

나누는 사람들 - 김단유

행복을 나누는 사람이 있다.
그 사람은 바로 엄마

엄마는 우리에게 밥을 해준다.
밥은 우리를 행복하게 한다.

편함을 나누는 사람이 있다.
그 사람은 바로 나

나는 언니의 심부름을 한다.
심부름은 언니를 편하게 만든다.

달콤함을 나누는 사람이 있다.
그 사람은 바로 내 친구 주희

주희가 마카롱을 선물로 준다.
마카롱은 나를 달콤하게 한다.

웃음을 나누는 사람이 있다.
그 사람은 바로 우리 관장님

우리 관장님은 참 재미있다.
관장님은 나를 웃게 한다.

해와 달이 된 오누이 - 김지유

오누이는 동아줄을 타고 올라가
해와 달이 되었어.

동생은 해님이 되어
우리에게 빛을 나눠주지.

그래서 우리가
낮에 활동을 할 수 있어.

오빠는 달님이 되어
어두운 밤길의 등불이 되어주지.

그래서 우리가
밤에 활동을 할 수 있어.

동생은 오빠에게

빛을 나눠 도와주고,

오빠는 동생의
빈 자리를 메꿔주지.

해님은 오빠의 등불이고,
달님은 동생의 빛이란다.

아낌 없이 주는 나무 - 함창욱

옛날에
한 그루 나무가 있었습니다.

그 나무는
사랑하는 소년이 있었습니다.

나무는 소년에게
나뭇잎을,
사과를,
놀 것을,
그늘을,
나뭇가지를 주었습니다.

나무는 소년을 사랑했지만
소년은 나무를 떠나버렸습니다.

오랜 세월이 지난 후,
소년이 다시 돌아왔습니다.

나무는 밑동만 남은
늙은 나무가 되어 있었습니다.

"이리로 와서 앉으렴.
앉아서 쉬도록 해."

나무는 소년에게
자신의 전부를 주었습니다.

그래서 나무는 행복했습니다.
나무 덕분에 소년도 행복했습니다.

장기려 박사 - 봉은찬

그는 소에게만 나는
미생물을 연구했어.

그 결과 돼지에게도
미생물이 생겼지.

그는 이 미생물을 먹었어.
14일이 지나자 배가 아팠지.

자신을 희생하면서까지
연구를 했던거야.

그의 아름다운 삶은
지금까지 회자되고 있지.

한국의 슈바이처,
행려병자의 아버지,
성스러운 산으로.

빛나는 그 이름, 장기려 박사.
영원히 기억 될, 장기려 박사.

콩쥐 팥쥐의 행복 - 이재인

욕심 많은 팥쥐
매일 편하게 살며
남에게 베풀지 못하는 팥쥐

마음씨가 착한 콩쥐
매일 힘들게 살지만
나눔을 할 줄 아는 콩쥐

콩쥐와 팥쥐,
이름처럼 너무나 다른 둘.

나눔을 하면
콩쥐처럼 복을 받을거야.
콩쥐처럼 좋은 사람이 될거야.

나눔을 하면
콩쥐처럼 행복해질거야.

벌 받은 팥쥐도 행복해질거야.

나눔을 하면
너도 나도 행복해질거야.
온 세상 사람들이 행복해질거야.

나눔을 하면
행복해질거야.

위그노 동시집 1

발　행 | 2023년 04월 17일
저　자 | 땡블러 외 42명
펴낸이 | 이수빈
펴낸곳 | 주식회사 부크크
출판사등록 | 2014.07.15.(제2014-16호)
주　소 | 서울특별시 금천구 가산디지털1로 119 SK트윈타워 A동 305호
전　화 | 1670-8316
이메일 | info@bookk.co.kr

ISBN | 979-11-410-2470-3

www.bookk.co.kr